난민수첩

난민수첩

ⓒ박세현, 2023

1판 1쇄 인쇄__2023년 05월 10일
1판 1쇄 발행__2023년 05월 20일

지은이__박세현
펴낸이__양정섭

제작·공급__경진출판
　　　사업장주소__서울특별시 금천구 시흥대로 57길 17(시흥동) 영광빌딩 203호
　　　전화__070-7550-7776　팩스__02-806-7282
　　　홈페이지__http://https://mykyungjin.tistory.com
　　　이메일__mykyungjin@daum.net

값 12,000원
ISBN 979-11-92542-37-9 03810

난민수첩

박세현의 시와 한 편의 롱테이크

경진
출판

차례

우린 그렇게 헤어졌지

좀 더 생각해봐야겠지만

계속 수고하시길

나라는 문법적 착각

시집 뒤풀이

우린 그렇게 헤어졌지

봄날, 진접에서

저 분이 시인입니다.
그래서요?

무단횡단

주민증 제시하세요
왜요?
선생님은 무단횡단자입니다
건널목 아닌 데서 건너면 어떡한답니까!
경찰이다

집사람은 두고두고 말한다
당신이 그런 사람이야

H씨

그렇군요
오늘도 고요합니다
책상엔 읽기 싫은 책 두어 권
H씨
H씨는 잘 계신가요?
아 참, H씨는 죽었다지요
잠깐 깜빡했습니다 다시
H씨의 명복을 빕니다
나는 지금 바다로 갑니다
두 손으로 바다를 뒤집어놓고 파도 위에
플라스틱같은 영혼을 띄울 겁니다
나를 만나고 싶어하는 인류가
단 한 명도 없다는 실체적 진실을
H씨는 생전에 눈치챘겠지요
H씨가 없는 빈 자리에 꽃을 심고
날마다 물을 주어야겠어요
객기와 허풍만 믿고 갑니다
정직성이라는 말은 일종의 환상이지요
그런 게 실천될 수 있다면
나는 날마다 그러고 싶거든요

자꾸 혀가 꼬입니다
H씨 뜬구름협회에 가입하시고
다음 번 정기총회에서 만나기를!

난잡한 하루

아무것도 읽지 않았고
한 줄도 쓰지 않았다 그러면서 나는
나의 무모한 순결을 지켜냈다

나의 있음과
나의 없음 사이로
작년에 오다가 멈춘 눈이 내린다
주인 없는 방에 눈이 내린다
무의식의 낡은 지붕 위에도
눈이 내렸을 것이다

눈을 맞으며 누가 오고 있다
멀리서 오고 있는 그는
내게로 오는 손님인 듯
아닌 듯

커피 한 잔이면 족한 하루
살다가 살지 않다가
그런 하루

하나의 몸짓

오늘은 11월 29일 화요일
김춘수 시인이 작고한 날이다
향년 82세

1922년 11월 25일
경상남도 통영 출생
(한때는 나도 통영에서
태어나고 싶은 적이 있었지)
니혼대학 문예창작과 중퇴
그때도 문창과가 있었다고?
중퇴해보지 못한 나의 쓸쓸함에 대해
낮은 강도로 화를 내본다

누구에게도 호명되지 못하고
자기 이름을 스스로 부르면서
하나의 몸짓으로만 살아가는 사람들을
무엇이라 부를까?
그들이 맞이하는 밤을 무엇이라 부르겠는가?
이 시는 그들을 위해 쓴다 무엇보다
나를 위해 고쳐 쓴다

입금
감사합니다

원고료 입금했다는 잡지사 문자
오만원
원고료는 늘 그 자리다
민주주의도 그렇고

답문자를 쓰고 읽던 책으로 돌아오니
시집 행간에 눈이 내린다 오오
일요일 늦은 오후 눈이 내린다
내 눈이 닿지 않는 무한천공에 눈이 내린다
천문학자가 우주의 허공을 사진 찍고
아무것도 보이지 않았던 거기 숨어 있던
수많은 별을 찾아냈다는 말을 새겨듣는다

나같이 허공을 휘젓는 사람에게
원고료라니 더없이 고마운 일
입금 감사합니다

다정하게

삼선교 지나면 연락주세요
네

삼선교 지난다고 뾰족한 수는 없다
그래도 그런 말은 긴장된다
혜화 지나고
동대문 지나고
충무로
그 다음 또 그 다음
어느 역에선가는 꼭 내려야 한다

연락 달라는 말이 꿈틀거린다
열락은 일회용 달관이다
밑지듯이 하루를 보내면서
다정하게 연락해야겠다
지금, 삼선교 지나갑니다

오한기 팬클럽 회원 모집

해발 700미터급 남양주 진접
철마산을 내려오며 그와 대화했다
그는 문학평론가이고 나는 그냥 시인이다
주말인데 등산객이 거의 없다든가
아직 알려지지 않아서 그런 것 같다는데
의견을 같이했다
더 소문나지 않기를 바란다는 마음도 일치했다
하산길 벤치에서 그가 가져온 커피를 마시면서
오한기 팬클럽을 만들면 어떻겠냐고
그가 제안했다
농반진반의 초가을 바람결이
둘의 어깨를 툭툭 건드리면서 지나갔다
소설가 오한기를 만나면 신분세탁에 대해
자세히 물어볼 요량이었는데
거기까지 말하고 산행을 마쳤다
전생을 지울 수 있을 것인지
내가 쓴 시를 다 회수하여 소각할 수 있을 것인지
파인클리닝°에 문의해봐야겠다
진접역에 접근하여 뒤돌아보니
방금 내려온 철마산은 보이지 않았다

우리가 천마산에 갔었던 건 아닐까?

그런 생각이 지나갔다

˚오한기 소설 「25」에 나오는 신분세탁회사.

˚소설가 오한기가 계속 오!한기였으면 좋겠다. 평이하면서 가파르고 가파르지만 끝까지 끝을 보여주지 않으려는 철마산 등산로 같은 소설을 읽고 싶다. 소설가가 만든 무질서를 통해 이르고 싶은 어떤 질서가 내게도 있으므로.

우린 그렇게 헤어졌지

불 꺼진 거리에서
외풍 심한 민박집에서
시집이 재고로 쌓여 있는 서점에서
내일 다시 만날 듯이
다시 만나지 않도록 조심하면서
시내버스 정류장에서
벚꽃 화려하게 지던 바닷가에서
휴관한 하이데거 극장 커피숍에서
7호선 상봉역에서
화물연대 집회를 바라보며
소월로를 내려오며
북촌 손만두집에서
후기 모더니즘에 대해 토론하며
그런 건 다 사기라고 합의하며
4차선 건널목을 손잡고 건넜고
페이스북 경로당에서 징징거리며
중앙시장 좌판에서
꿈속에서 눈을 감고
겨울 영안실 앞에서
함께 바라보던 환상의 뒷골목에서

서정시의 행과 행 사이에서
사라진 트럼펫 한 줄을 읽으며
가장 순수한 시를 썼던 시인이
가장 순수한 망나니였음에 동의하며
저문 들녘을 오래 바라보듯이
빈 커피잔을 내려놓듯이

커피 쿠폰

시집을 보내주는 시인들
물론 나는 읽지 않는다
이유는 많겠지만 나의 대답은
그냥 이유 없음이 전부다
책을 보내는 분들이야 고맙지만
보내주지 않는 분들은 더 고맙다
시집은 보내지 마시오
궁금하지 않습니다
내 사정도 그러하니
딱히 서운할 것이 없다
커피 쿠폰이라면 조용히 받겠습니다

걱정

에스컬레이터를 타고
영화관이 있는 10층으로 올라갔다
영화를 볼 것도 아니면서
괜히 올라가 본 것이다
일없는 사람으로 보이겠지만
사실이 그렇다
나는 문장 속으로 출근했다가
문장 속으로 퇴근하는 사람이다
그게 일이라면 일이다
(이렇게 쓰면 좀 있어보이려나)
죽으면 유고시집 만들어줄 테니
시집 그만 내라고 집사람은 말하지만
죽은 뒤엔 읽어볼 수 없으니
그건 내 소관이 아니다
그렇지 않은가?
점심시간이 지난 식당가 통로에 앉아
이 시를 쓰고 있다
이럴 때는 내가 정말 시인 같다
그나저나 시를 어렵게 써야 하는데
그게 잘 되지 않아서 걱정이다

좀 더 생각해봐야겠지만

없는 사람

2022년 11월 3일 수요일 강릉
맑음 13℃
체감온도는 12℃
믿지 않아도 상관없다
오후 세 시

늦은 세수를 하고
옷을 차려입는다
등산복 스타일의 캐주얼 바지에 잠바다
모자도 쓰자
모자는 어디 있지?
보이지 않는군
할 수 없지
모자 없이 집을 나선다

명주예술마당을 가로지르고
아버지가 돈을 맡기던 새마을금고와
긴 여백 같은 강릉대도호부 앞을 지나간다
은행잎이 추억처럼 쌓였다

인적 끊길 듯한 경강로를 지나간다
목적지는 강릉신영극장
홍상수의 영화 탑을 보러간다
여기서도 홍상수를 개봉하는 것에 감사!
홍상수의 28번째 장편영화인데
그도 바닥이 났을 법한데 계속
영화를 찍는다 박수

새로운 게 있기는 있을까?
새롭다는 착각은 존중되어야 한다
내 시가 늘 그렇듯이
나는 시를 쓰는 사람
내가 시를 쓰다니,
시가 나를 쓰고 지나간다는 게 맞겠지
듀크 엘링턴을 재즈의 절반이라고들 한다
절반, 발음이 좋다
그가 적시지 못한 나머지 절반의 대지를
연주하는 뮤지션들도 있겠군
한국시의 절반을 가져간 시인은?
절반이고 나발이고 쓸쓸한 벌판이다

다 가져가라 더, 더 가져가시라

늦은 가을날 강릉에서
영화를 본다는 사실이 내게는 한 편의
다큐멘터리다
다큐는 대본도 있어야 하고
편집과 보정도 거쳐야 한다
맨다큐는 있을 수 없다

나는 분장하지 않은 듯한 분장을 하고
보는 사람 없는데도 내가 다 보여진다는
착각으로 오늘치 촬영을 완성해야 한다

한국은행이 마주보이는 네거리쯤이 좋겠다
보행신호를 기다리는데
한 청년이 다가와 깍듯하게 인사한다
누구신가요?
전에 강릉대에서 시론 강의를 들었습니다
나는 강릉대에서 강의한 적이 없습니다
죄송합니다. 워낙 비슷하게 생기신 분이라

그러면 그렇지
저 청년사람에게 잘못은 없다
우리는 다 조금씩 닮았거든
내가 강릉대에서 강의를 하지 않았다는
증거도 없다 그렇지 않은가
청년은 사라지고 나도 건널목을 건너고 있다

다시 말하지만
이 거리에서 나를 알아본다는 건
대단한 픽션이다
이 거리의 현사실 앞에서
당신들의 꿈속에서 저 현수막에서
나는 없는 사람이다
나를 알아본다는 것은 그대의 환상이자
환청이고 그대만의 신비주의다

극장은 4층
엘리베이터에서 내려 표를 산다
경로 한 명 4천원

표를 받고 나선형 계단을 밟고
극장으로 올라간다

극장에는 나까지 세 명
모두 남자 얼핏 보아도 잘못 들어온 관객 같다
그렇지만 아무튼
C열 7번 좌석에 앉는다
착석감이 안 좋아 한 칸 앞으로 당겨 앉는다
다시 옆 좌석으로 옮겨 앉는다
한번 더 옮기려다가 그만둔다

영화는 광고 없이 시작할 것이고
나는 영화를 보는 사람이 아니라
영화 속 지나가는 사람으로 영화에 참가할 것이다

고등학교 시절에 시낭송을 하던
예식장 건물은 사라지고 없었다
서점도 빵집도 극장도 다 사라졌다
오는 길에 눈으로 확인한 풍경들이다
돋보기 쓰고 계산대에 앉아 있던 서점 주인은

유령으로 거기 앉아서 가영심으로 시작하는
문인주소록이 담긴 현대문학 1월호를 팔고 있었다
나는 인사하고 지나갔다
서점 앞 플라타너스는 너무 늙어서
단지 그 이유 때문에 나를 알아보지 못했다
아저씨, 전후세계문학전집 있어요?
그렇게 물었던 것 같다

영화는 홍감독이 자기 얘기를 하고 있다
자기 얘기를 한다는 거 그거 훌륭하지 않어?
나는 내가 누군지도 모르면서 내 얘기를 한다
당신은 왜 자꾸 자기 얘기만 하느냐고
어필하는 독자도 있다
그건 나의 시적 주제다
나는 누구인가?
사실 나는 그런 것에 관심이 있을 수 없다
나는 오로지 나이고 나라는 기표이고
나라는 말에서 흘러내린 국물이고
나는 모자이크이고 나는 당신들이고
나는 오랜 나의 대역이다

무슨 말이 더 필요하겠는가
좀 더 생각해봐야겠지만
나는 내가 아닐 때에만 내가 된다
잠자고 있을 때
꿈밖에 있을 때
시간의 문을 나설 때
딴짓을 할 때
당신들이 나를 외면할 때
실종되었을 때
그때만 나는 내가 되어 꿈틀거린다

나는 취미로 시를 쓴다
골프를 하거나 주식을 하는 대신 나는
취미로 시를 쓴다 지저분한 취미다
시간 밖으로 나서기 위해서
언어 속으로 사라지기 위해서
나는 취미로 매일 시를 쓴다
새벽에 일어나 남의 시 슬슬 베끼면서
시를 쓰는 일도 여간 고달픈 일이 아니다
내 시는 시가 아니라도 좋다

나는 욕심이 없다 그게 나의 유일한 욕심
이제는 내 눈치를 보면서 쓴다
나를 베끼는 시간

새벽에 일어나 커피를 만들고
컴퓨터를 세팅하고 창밖을 내다본다
당신도 알다시피 나는 시의 첫줄을 쓴다
도저히 내가 쓸 수 없는 시를 쓰고 있다
그것이 시가 아니었음을 알게 되는 그날까지
나는 하염없이 쓰고 있을 것이다

영화가 끝나고 엘리베이터를 타지 않고
엘리베이터 없이 나선형 계단을 걸어내려 온다
저 높은 높은 꼭대기에서 내려온다는 이 느낌
영화관 로비에서 집어든 홍보지에서 읽은
남다은의 리뷰 한 줄이 몸에 들어온다
결국엔 한 남자의 스산한 초상으로 남겨질 세계가
이렇게 탄생한다 그렇소이다
나도 지금 저 문장 속에 있소이다

중년 감독역을 맡은 배우 권해효가
담배를 피우면서 나무를 쳐다보는 마지막 장면
나도 영화의 마지막처럼 스산한 바람소리에
이제 막 나뭇잎 몇을 놓아버리는
은행나무 옆에 서서 담배를 꺼내문다
내가 담배를 끊었지
후회가 정시에 도착한다

영화는 끝났고 내 영화는 다시 시작한다

약국에서 나오던 태양처녀°가
아유 어쩌다 쓰나 마나한 시를 쓰는
나 같은 얼치기에게 길을 묻길래
나는 친절하게 모른다고 대답해주었다
이게 내가 준비한 평생의 답이다

앙리 마티스가 실수로 뭉개놓은 듯한
붉은 감이
집집마다
덜 익은 슬픔처럼

매달린

주렁주렁

골목을

걸어서

없는 사람이 되어

집으로 다시

돌아온다

˚한대수

계속 수고하시길

모르는 사람

발자크가 죽었을 때
네 사람이 관을 들었다

그중 한 사람이 빅톨 유고였다는군
자네가 죽으면 누가 들어?
지나가는 사람이 들어주겠지
자네는 말하리라
선생, 손좀 빌립시다
빅톨 유고가 조사도 썼다지
들어줄 사람 없으니 그런 건 생략
음악도 시도 조사도 없는 마지막은
바람이 불고 비가 오리라는 예감

비를 맞으며 서있던 사람은
누구였을까?

겨울 저녁

왜 좀 괜찮은 인간은 없을까
물음표를 빼먹었군
(느낌표가 맞겠지만)
그냥 지나가자
장률은 왜 영화를 안 찍는다니
어디다 알아봐야 하나

하루가 저문다
안 읽어도 상관없는 책은 쌓여 가는데
방향 없이 흩날리는 눈송이를 개관하는 건
아무래도 나의 화사한 업무다
나라도 괜찮은 인간이 되었어야 하는데
아무렇지 않은 인류가 되고 말았다는
때 지난 후회에 젖는
겨울 저녁

몽상하는 동안

해가 지고 있는 동안

나는 당신을 생각한다

당신이 급히 지운 꿈을 생각한다

저음의 할렐루야가 흐르는 동안

나는 없는 세상을 몽상한다

밥솥에서 밥이 끓는 동안

유튜버가 내 대신 세상을 분석하는 동안

나는 거짓시를 쓰고

없는 마음의 빈 골목을 돌아간다

어린이가 트롯을 연습하는 동안

시연습생이 시를 필사하는 동안

사랑하듯이 사랑하는 동안

나는 시를 쓰고 시를 지운다

내가 누군가를 손절하는 동안

읽던 시의 행간을 건너지 못하는 동안

내 등 뒤로 눈이 내리는 동안

우크라이나가 러시아를 공격하는 동안

지인의 이혼얘기를 흘려듣는 동안

중립국 야당 대표가 구속적부심을 받는 동안

한물 간 소설가의 회고담을 읽는 동안

이 시를 끝내지 못하고 있는 동안
누군가 나를 조용히 손절하는 동안

감사한 일

더 쓸 수 있을까?
어제처럼 또 쓸 수 있을까?

내가 묻고 내가 대답한다
더는 쓸 시가 남아 있지 않다
바닥이 났다 파산이야

책상에 앉으면 외로워진다
충분히 썼기 때문이 아니라
쓰지 않아도 될 시를 너무 썼다는
뿌듯한 후회심이 밀려온다
파국의 아침을 맞이하며
망명처를 찾아나서야 할 때다

내가 쓴 시는 뭐란 말인가
그건 시가 아니었어 징징
말들의 어깨에 앉아 먼산을 본 것이지
그건 시가 아니었어 징징
파지가 차라리 시였을지도 모른다

다행스럽고 감사한 일은
내 시를 읽는 독자가 없다는 사실이다
나의 시적 진심은 이것만이다

시를 지우는 독자

이 시의 첫줄은 없는 게 좋겠어요
독자의 말이다

나도 남의 시를 읽을 때는
읽고 싶은 문장만 골라 읽고 나머지는
버린다고 말해줬더니
독자는 그 순간부터 시를
지우며 읽기 시작했다
가끔, 독자의 말이 살아온다
지우면서 읽으니 남는 시가 없더군요
내가 쓴 시는 내가 지우는 게
문학적 예의라고나 할까

(군더더기)
좋은 시는 여백으로 남아야 하리라

어김없이

어김없이라는 부사어는
어김없이 내 마음 어귀를 지킨다
주말 자정에 혼자 듣는 라디오
빌리 할러데이를 위해 작곡했다는 곡
그가 죽는 바람에 그의 목소리에
얹히지 못한 노래가
테너 색소폰에 실려서 풍문처럼
길게 흘러가는 곳은 어디인가
음악을 따라 나섰다가 다른 길로
들어섰는데 영 감이 잡히지 않는 동네다
다 꺼졌는데 혼자 켜진 가로등 하나
우리 동네에도 있다

저기 또 한 사람

안목에서 강문까지
바닷가를 걸어간다
철지난 바닷가
송창식이 부른 노래다
옛날 노래를 어쩌다
옛날 지나고 듣는다
노래는 내게 와서
바다를 만들고
파도를 만들고
긴 상념을 만들어놓는다
갈매기는 낮게 떠 있고
해변에는 누가 놓고 간 책
누군가 수줍게 부르는 노래
파도가 내게 와서
흔들어도 모르고
바다 끝까지 바다 속까지
철지난 그곳으로
밀려갈 것 같다
가사 없는 노랫말을 흥얼거리며
그저 멜로디에 얹혀서 간다

어디까지 가는 거야
그만 가자
잠깐
저기 또 한 사람 있다
누구지?
가까이서 보니
그 사람도 나였다

비 오다 그친 밤

비 오다 그친 밤
다른 시를 써야겠다고 급히 다짐한다
틀어져 의절한 인연이 내 시 잘 읽었다며
사이좋게 지내자는 톡을 보내올 수준은 되어야겠지
편집자가 출판을 제의해도 내가 사양하는 바람에
콧대 높은 편집자가 삼고초려를 실습할 정도의
시는 써줘야 한다
쓰나 마나 읽으나 마나한 시를
또 써? 그건 시가 아니다
내 꿈은 내 시가 검색되지 않는 것
동료들이 입서비스로 치켜주는 시는
쓰지 말아야 한다
값싼 문학상을 받는다든가
교과서 따위에 시가 수록되는 비루한
일에는 가담하지 않을 것이다
그게 내가 그대들에게 전하는 아름다운 복수다
이 밤, 눈치 없이 잠든 시인들은 우좌 없이
깨어나 내 칼을 받으시고
제정신들 차립시다

중거리 슛

쓸쓸한 시를 한 편 쓰려니
내가 쓸쓸하지 않구나
외로운가? 그렇지도 않다
그냥 다소 싱거울 뿐
삶의 열기가 증발한 자리에는
이렇다 할 게 남아 있지 않은가봐
새벽에 브라질 골문으로 쏘아 넣던
월드컵 축구선수의 중거리 슛은 왜
골문이 아니라 내게로 와 꽂혔는가
그순간 내가 외로웠구나
나도 모르게 쓸쓸했다는 사실을
혼자만 알아차린다

시인

시를 쓴다 고친다 거듭 고친다
출판사에 원고를 보내고 교정을 본다
교정을 보지만 늘 오자는 남는다
시집이 나오면 시집을 줄 사람과
안 줘도 될 사람을 구분한다
이 짓도 쉬운 일은 아니다
시집에 사인을 하고 주소를 찾아쓰고
봉투에 단단히 넣고 우체국으로 간다
시집 받았다는 회신에 또 회신한다
반응이 없는 쿨한 인류도 많다
왜 응답이 없을까 시험에 든다
등기로 보낼 걸 그랬나
우체국을 의심하면서 퉁치고 만다
시 쓰는 일보다 치사하지만
이런 작업을 성의껏 반복하는 게 시인이다
아리스토텔레스의 시학에도 없고
문학입문서 어디에도 없는 일을 겪으면서
나는 자발적으로 시인이 된다

습관성

시쓰기는 습관성이지
다른 사람까지는 모르겠으나 나의
경우는 그렇다 문자에 속아서
그 속에다 나를
허깨비인 줄 알면서 우정 나를
꾸역꾸역 집어넣으려는 몽매한 무지가
내 시쓰기의 관습이다

시에서 아무것도 바라지 않는다
내가 나를 칭찬하는 유일무이한 것
내가 쓴 시도 나에게 바라는 게
눈곱만큼도 없다는 걸 알아채는
느슨한 아침 창밖은
11월의 끝
긴 안개가 찾아왔다

눈 오는 밤

지나고 나면 어떤 일이든
지난 얘기가 된다

애잔한 일은 애잔한 얘기가 되고
우스운 일은 우스운 얘기가 된다
이거 아니면 안 된다고 우겼던 일
애써 누군가에게 매달렸던 일도
지나가면 지나가고 나면
다 지나간 얘기가 되고 만다

지나가서 지난 얘기가 될 일에
지난 마음과 지난 의지와 지난한
허무를 불어넣으며 밤을 붙들고
한 줄 시를 쓴다

극점

포크가수 양병집은
기초생활수급자였다지
혜화역에서 버스킹할 때
나는 그가 그인지 모르고
한시절 지나갔을 것
나도 내가 누군지 모르면서
한세상 건너가기는 오십보백보
꿈이여 부르면 꿈이 지나가고
슬프다 그러면 슬픔이
잰걸음으로 다가온다
크리스마스 이브 저녁
강릉 가는 ktx에서 들은 그의 부음
극점이 없는 누군가의
일생을 바라보면서 나는 오늘
심심한 내 극점을 밟고 지나간다
내일은 지인이 칭따오를 사겠다는 날이다

오늘 오후에는

오늘은 한글날 대체공휴일
눈앞에서 가을이 실시간으로 몸을 바꾼다
책이 안 팔린다는 기사를 읽으며
새삼스러운 얘기는 아니지만 이제는
아주 먼 남의 일로 들어둔다
(책이 왜 팔려야 되는데?)
이 지점에서 하고픈 말이 막 떠오르지만
개인적인 소견도 출판이라 생각되어
참는다 참는 것이
더 큰 말이 될 때가 있을지도 모르겠다
(참아야 하느니라
참을 수밖에 없느니라)
오늘을 대체하는 오늘 오후에는
인생에 의미를 갖다 붙이지 말고
구석진 데 가서 얌전한 커피를 마셔야겠다

라두 루프 듣는 새벽

76세로 세상에서 사라진
루마니아 태생 라두 루프의 피아노
연주를 재방으로 듣는 새벽 초입
그가 내한했던가? 모르겠다
연주 레파토리도 마음대로 바꾸고
연주 도중 객석의 소음이 들리면
연주를 중단했다는 피아니스트가
라두 루프였던가?
그는 아니라고?
그럼 누구지?
착각하는 밤이 더 하염없지만
어제 쓴 시 한 편을 삭제하면서
나는 그렇게 지나가겠다

책들 다 어떻게 하나

문학교수였던 친구가
퇴직 전에 연구실 서가를 가리키며
나 들으라고 했던 말이다
나도 자동인형처럼 그의 말을 따라했다
저 책들 정말 다 어떻게 하지
그렇지만 나는 친구교수의 말을 귓등으로
흘려듣는다네
그건 자네가 할 고민이 아니야
자네는 추억을 씹으며 연구실을 떠나면 돼
그동안 교류했던 몇간 동료들에게
작별인사를 전하고 물러가면 그만이다
나머지는? 자네가 애면글면 읽었던 책들은
책들 스스로 알아서 처신하겠지
책의 인연은 그런 거 아니겠어?
시집과 소설은 더 그럴 것이다
자네가 몸 담았던 연구실을 떠나가듯이
저자와 책이 갈라지듯이
책은 조용히 각자의 길을 갈 것이다
여러 번 헤어지면서 책들은 책의 요양원에서
자기가 본래 책이 아니라 종이였으며

종이 이전에 한 그루 푸른 나무였음을
충분히 회고할 것이다
그대가 교수이기 전에 그냥 사람이었듯이
걱정하지 말고 연구실을 나오시게
여전히 잔걱정 많은 나의 친구

수유리 지나가며

황석영이 사상계로 등단했을 무렵
명동 돌체다방에서 김수영 담배 심부름했던
일을 회상했다
(황석영 잔심부름은 누가 하나)
그 김수영은 이제 없다
김수영을 떠받드는 글들이 많지만
김수영과 그닥 상관이 있어 보이지 않는다
술집 처마 밑에서 눈을 맞던 장면을 쓴 시는
기억난다 젊은 황동규였을 것
공교롭게도 둘 다 황씨군
같은 문중인가
황석영은 농담삼아 한국현대문학은
김수영과 황석영으로 기록됐으면 좋겠다고 말했다
이 순간 소설가의 표정은 어떤 것이었으려나
혼자 있을 때는 나도
그렇게 립싱크를 해보지 않은 건 아니다
한국시는 김수영과 나라고 해도
과히 나쁘지 않겠다고
이렇게 쓰고 10초만 웃었다
농담도 못하니!

어쩔 수 없어서

또 시를 끄적거리지만
시에 뭐가 있는 건 아니다
그런 줄 알면서 또
또, 또 또 또
어젯밤 꿈속처럼
다시 들어가보고 싶어도
그건 그저 꿈이다 시가 그렇다

한 줄 썼다고 거기
삶이 묻어나는 건 아니다
삶의 찌꺼기만 드러난다
그게 시냐? 아니겠지
여기 자판을 누르고 있는데
내가 지운 무의식이 농담처럼 흘러간다

좀 더 멋진 문장은 없으려나
이 양반아, 그런 건 없습니다
시는 참 어쩔 수가 없다

통속소설 읽는 시간

밤잠을 잘 자는가
그렇다
꿈도 꾸는가
더러 그렇다
어떤 꿈인가
외나무다리에서 원수를 만나는 꿈이다
만나서 싸우는 꿈인가
반대다 악수하고 평화협상을 맺는다
원수와 어떻게 화해하는가
사랑하라는 말씀을 실천했다
요즘도 시를 읽으시는가
소설을 읽는다
어떤 소설인가
주로 통속소설을 읽는다
재미있는가
나의 통속을 만나는 시간이다
추천해줄 수 있는가
톨스토이 플로베르 제임스 조이스 베케트
카프카는 아닌가
이제 말하려던 참이다

나보코프 보르헤스 페렉 부코스키도 추가
시는 왜 안 읽는가
시는 기본적으로 잡음이고 헛소리다
당신의 시도 그런가
내 시가 바로 그렇다 징징거림
징징거리지 않고 시를 쓸 수 있는가
시야말로 진정한 통속이다
당신의 시도 통속인가
나는 통속 그 자체다
계속 수고하시길

나만의 소음

침묵 다음으로 가장 아름다운 소리
캐나다 기자가 쓴 재즈피아니스트 키스
자렛의 리뷰 문장이다

음악을 끄고
책을 덮고
전등을 끄고
잔생각도 끄고 나면
마침내 남는 조용한 나만의 소음
나는 그 곁에 눕는다

나라는 문법적 착각

한때가 좋다

흐린 날은 이승훈을 읽고
쨍한 날은 황동규를 읽는 게 좋다
이유는 없다 그냥 그렇다
열 받은 날은 오규원을 읽어도 된다
역시 이유 같은 건 없다
김종삼이나 김춘수 또는 김수영도
읽으면 좋겠지만 시간이 별로 없다
정현종식으로는 읽을 시간이 많지 않다
대책 없이 쓸쓸한 날은
내가 쓴 시를 읽을 수밖에 없다
아무도 읽지 않아서 초판으로 남아 있는
시를 조용히 읽는 거야
구름도 한때
바람도 한때
한때가 좋다

말이 되는가

삼일째 비가 와서
삼일째 비가 온다고 쓴다
비가 오는 게 꼭
내 탓 같아서 마음이 습하다

말이 되는가
빗소리에 놀라 떨어진 감잎 몇은 바닥에서
엷은 단풍으로 찬 몸을 감싸고 있다
이도 내 탓 같아서 맘이 좀 그렇다

말이 되는가
나야 본디 이런 인류가 아닌데
이렇게 방향 없이 바뀌어간다
역시 내 탓일 리 없겠지만
가만히 내 탓으로 돌려놓고 오다말다
문밖에서 훌쩍거리는 빗소리를 내다본다

내 말이 나를 설득하기 시작한다
말이 되는가

다큐전문배우

특별한 일이 있는 건 아니고
그 반대였을 것
강문 스타벅스 2층에서
두 시간 넘게 개겼다
거품을 가득 물고 번잡하게 달려드는 그날의
파도는 사나웠지만 매번 나의 삶을
타넘지 못하고 해체된다

저 사람 헤밍웨이 아닌가?
이 동네 낚시꾼이었군
카페 구석에서 책을 보고 있는
저 이는 폴 오스터 같은데?
지방에서 소설 비슷한 거 쓰는 사람이라데
그럼 저 이는 백남준이겠군
백남준 좋아하시네 티브이 수리공이야

올해는 나의 삼재가 나가는 해
훌륭한 인간이 있다는 착각을 악착같이
버리면서 시든 해당화를 들고 일용직
다큐전문배우처럼 긴 모래밭을 걸어간다

대상이 아니라 색상만 남겨놓은 화가에게
시를 새로 배운다

시란 무엇인가

오설란의 장편소설 프린트본을 읽다가
그의 다른 소설도 찾아볼 겸 내 책방에 들어가
여기저기 살피는 중이었다. 책장의 밑바닥을
보려고 허리를 굽히는데 평론가 유종호 선생의
책등이 눈에 화악 꽂혀왔다. 시란 무엇인가.
나는 쿡 하고 급한 웃음을 터트리고 말았다.
책이 누렇게 변심했다. 저 책냄새, 책냄새.
왜 웃었지? 내 안에 겨우 붙어 있던 무엇이
허리의 각도를 견디지 못하고 책장 쪽으로
쏟아졌을 거라는 측은한 추측. 정신의 외진
거기. 시란 무엇인가.

생각 없이 살자

북촌으로 들어가 이곳저곳
지숙지숙
돌부리에 걸려 넘어지고 있을 때
갑자기, 정말 나는 누구인가
내가 나에게 묻는 덧없고
힘 빠진 질문은 이제 수료함, 축
현타의 순간만 직관
그리고 쓱 지워버린다
나는 시인이다
이것도 쓱싹 뭉개버린다
시인은 무슨!
햇살에 낯이 간지럽다
내 발을 걸었던 돌멩이를 두 손으로
받쳐 들고 간다
생각 없이 살자 살아가자
가다가 문득 돌아오지 말기

두말없이 혼자서

택배요
뜯어보니 뜬구름 한 박스다
대박이야 아침부터 마음이 둥둥
처음 가는 길을 나선다
국립박물관에 가서 깨어진 기왓장이나
보고 와야겠어
지나간 여인의 미소 같겠지
지하도에서 반바지 입은 하느님이 구걸을 한다
멋있다 성스러운 건 저런 거지
모든 인류의 꿈이야

교수할 때 입던 양복을 꺼내 입고
거울에 비췄더니 옛날교수 같다고 집사람이
웃었다 나도 웃으면서 집을 나왔다 꿈이었지만
길 가던 무숙자가 내 시는 깊이가 없다고
투덜거려서 꿈속 내내 재수 없었다
시에 무슨 깊이가 있다는 말씀인지
저러니…… 뒷말은 씹는다
시인놀이보다 며칠 굶은 듯이
뜬구름을 뜯어먹는 게 성스럽다

서대문이나 남가좌동에 가서 혼자서
두말없이 혼자서

과꽃

아무도 내 시를 읽지 않는다
그렇군
징징
그렇게 되었어
이제야
비로소
마침내
나 같은 머저리도 시인이 되는가 보다
기념커피 한 잔
거하게 자작(自酌)
아득한 길가에 과꽃이 피었네

플롯 없이

남은 건 사 람좋은 미소와
잔주름살 같은 외로움이오 징징
더 잘 외롭고 싶기도 하지요
강릉에서 돌아온 첫날 만추(滿秋)의
당현천변을 회고하듯이 걸었소이다
발끝에 차이는 가을을 몸에 비벼 넣고
덜 시든 물소리에 박자 맞추며 흘러갔소이다
밤에는 라이브로 개기월식을 볼지도 모르오
못보더라도 서운해하지 않기로
나에게 약속했지요
대신 플롯이 없는 경장편을
쓰게 될지도 모르오
소설의 주인공이 섭외되면 그때
인사를 시켜드리겠소
기다려주시오

독자 여러분

내 문학은 엊저녁에 끝났어
나도 잘 알고 있지
그런데도 나는 시를 쓰고 있다
내가 쓰는 게 시가 아닐지도 모른다
독자가 누군지 모르는 낙서이길 바란다
쓴다는 것은 쓴다는 일이다
친애하는 독자 여러분
이렇게 쓰면 갑자기 마음이 밝아온다
세상사람 모두가 독자가 되어
내가 쓴 시를 줄줄 읽기 시작한다
심하게 쓴 내용은 없다고 나는
짐짓 너스레를 떤다
거지에게는 거지의 시가 있고
광인에게는 광인의 시가 있듯이
시에는 시만 아는 시가 있겠지만
그건 나도 모르는 일
나는 소수민족 노인처럼
마을 어귀에 앉아서 종일 누군가를
기다린다 그게 누군지는 모른다
올 사람이 없기에 기다림은 영원처럼
길어진다

나와 헤어지는 길

시청역에 내려
덕수궁 돌담길을 따라 걸었다
휘파람은 불지 않았다
늦가을의 꽉 찬 가을빛
이 길 걸으면 연인들은 헤어진다는
옛말이 있다 헤어지고 싶다면
여기 걸으면 되겠다
나는 혼자 걸어간다
나라는 문법적 착각°을 즐기며 간다
지금의 나와 헤어지는 그날이 있을 거다
정동길을 오래 걸어서
경향신문사를 끼고 시네큐브 앞을
지나오는데 여러 생이 걸렸을 거다

°비트겐슈타인

사근진과 순긋해변 사이

해변에 엎드려 한철 무작정
쉬고 있는 보트들 손님 없는 팬션과 횟집들
따라오던 수평선을 흔들어본다
바다 초입에 제 멋으로 떠있는
소품 같은 바위들 하나 둘
그 사이 하나 더 떠오르는군
반가워서 먼 마음으로 만져본다
사근진과 순긋해변 사이
생각 없이 더 걷고 싶다

　　　　*

그분 시 참 좋던데요
그래요? 내 반응은 거기까지
한국을 살면 대개 철학이나 시를 하게 되지요
각자의 뇌피셜은 위대합니다
철썩

파도가 걷는 사람을 덮친다
모르는 사이
파도 한 줄이 나를 살고 갔다

대박

서대문에서 광화문으로 넘어오다가
역사문화관 앞에서 지인을 만났다
내게도 길에서 마주칠 지인이 있다니,

서서 얘기하는 게 아쉬워 근처에서
커피를 마셨는데 커피값은 천오백원이었다 가격에 합당한 맛이
어서 반가웠다 지인은 주식전문가가 되었고 내게도 주식을 권하
면서 대통령 지지율이 1% 인상되었다는 말도 했다 이대로는 안
된다며 주말에 집에 있지 말고 광화문으로 나오라는 당부도 했
다 말끝에

아직도 시를 쓰느냐고 물었는데
뭐라 대답했는지 기억에 없다

종묘를 걸어야겠다

이번에 서울 가면 종묘를 걸어야겠다
누가 불러냈다는 듯이 가볼 것이다
더 늦기 전 막판 가을 낙엽 뒹구는
영녕전 앞을 천천히 지나가보자
종묘를 한 바퀴 돌고 나오면
마음은 조용한 방처럼 가라앉겠지
누구를 불러 같이 가도 좋겠지만
연락할 데가 없다
입만 열면 나는 거짓말이다
지난 세기 시골시인처럼 호젓하게 가자
세사르 바예호를 다시 읽어야겠다
시를 대충 읽는 버릇이 고쳐지지 않는다
진심을 말하고 싶다
그런 말이 있다면 말이야

순금만 파는 가게

시집 교정을 보고 약간
어두워진 몸으로 상계역을 지나
당고개 쪽으로 귀화한 산책자처럼
건들거리며 걸어간다

해열제를 파는 약국을 지나고
뚝딱뚝딱 재건축아파트 공사장을 지나간다
지나간다는 동사에서 묘하게 울렁거리는
저강도의 쾌감이 울려온다
적당한 곳 어디쯤에서 걸음을 멈추면
내 정처 없는 흘러감도 끝이 날 것이다

빵집 옆에는 순금만 파는 가게가
조명으로 보석을 보석처럼 밝혀놓고 있다
모딜리아니 여자의 허전한 속살을 닮은
상점여자가 느리게 지나가는 전철을 내다보면서
자신의 낯선 표정을 지우고 있다

그녀가 나를 응시하고 있다는 착각으로
나는 그 가게 앞을 지나갔을 것이다

떡라면 먹는 저녁

서울아트시네마 앞 김밥천국
떡라면을 먹는다 민주노총 노조원들이
젖은 깃발을 들고 행진한다 장 뤽 고다르가
카메라를 들고 휙 지나가면서 아는 체 했다
떡라면 집던 젓가락을 조금 들었다 놓았다
내 말 안 믿는 사람
내 말 믿는 사람
그건 중요하지 않다 갑자기

비가 쏟아진다 천둥 번개조명
가을비가 무슨 여름 쏟아지듯 하니
추레한 역사가 우산도 없이 서대문 방향으로
흘러간다 미친 듯이 미쳤다는 듯이
전위는 고독사했고 후위는 이렇게
영화 속에 앉아 한 그릇 4,500원
떡라면을 잡수시고 있다
정동길로 사라지는 가을 뒷모습에 대고
리듬 없이 손을 흔들었다
이게 인생 아닐까?

소망

박솔뫼 소설을 읽어야지 하면서 정작 읽은 게 한 권도 없다. 심지어 서가엔 그의 책이 하나도 없다. 읽어야지 하면서 매일 허공을 건너뛰고 있으니 이러다가 한 줄도 못 읽을지도 모른다. 그래도 이런 갸륵한 소망 하나쯤 감춰두고 싶다. 이런 게 삶이라고 여기게 된다. 시라고 해두자.

터무니없는

일생이 터무니없다고 느껴질 때가 있다
오늘 같은 날
내 아파트 서쪽 창문을 적시는 노을을 바라볼 때
뜻밖의 전화가 와서 당혹할 때
전두엽 근처에서 변방으로 흘러가는 시냇물
소리 들려온다
리스본 뒷골목을 단정하게 걸어가는
페르난두 페소아의 그림자가 보이고
술병을 들고 있는 부코스키의 팔도 보인다
그들이 왜 내 아파트까지 찾아와
나를 건드리고 있는지 모를 일이다
김수영이 살아있다면 한국문인협회 이사장 자리에
앉아 있을 것이고 이상은 작가회의를 진두지휘할 것이라는 생각
에 나는 고개를 끄덕거린다 무슨 근거로 이런 상상을 하시는가
터무니없는 상상이다 이 땅의 모든 익숙함에 독을 풀어야 하리
라 부동산업자들이 모이면 예술얘기를 하고 시인들이 모이면 지
원금 얘기만 한다는 소문의 사실 여부는 미확인이다
내 일생은 어딘가 왜곡되고 어느 한순간은
과장되어 아무에게도 제모습을 보여주지 못한다
나조차 어느 것이 내 모습인지
헷갈리며 살아나가고 있다 그러니까

사랑하자 이유 없이 근거 없이
뜬금없이 그저 사랑하자 안아주자
길 건너에서 붕어빵 이천원어치를 사면서
말했다 따끈따끈한 걸로 주세요
따끈따끈한 건 없고 뜨거운 것만 있습니다요
그제서야 나는 사장님 얼굴의 수염을 보았다
가수 이장희의 청춘의 콧수염을 만나는 건
새삼 유치하게 가슴 저린다
나의 시대는 사라졌지만 나의 시대는
저 붕어빵 사장님 콧수염으로 버티고 있음이여
상계동 시장에서 천원짜리를 세고 있는
붕어빵집 사장님의 콧수염을 나는 경배한다
대한민국 월드컵 축구는 16강 문학은 32강
이만하면 되었다고 해야 될 것인지
이제부터라고 해야 될 것인지 나는 모르겠다
정부는 시인들의 생활비를 보장하라!
천원에 두 개 하는 붕어빵을 입에 물고
이만하면 됐지에서 저장키를 누르고
서울 동북부의 멀쩡한 겨울하늘을 쳐다보면서
나는 그저 그런 시인이 된다

비 맞으면 되지

어쩌다 정동에 닷새 거푸 왔네
오다 보니 그렇게 되었음이고
내일 또 올지도 모른다
올만큼 오면 걸음도 물리겠지
무슨 사연 있으려나

문화일보 앞에서 귓등으로 흘려들었던
행인들의 대화가 정동길 걸었던 이유를
보충해주는 듯

　오후에 비온다는데 우산 안 가져왔네
　비 맞으면 되지

알아서 산다

너무 그러지 않아도
된다 오늘의 해가 떴으니
이만하면 아쉬울 것이 없고
길건너 복지관에서는 열 시 반의 당구
회원들이 당구를 치는 시간
모더니즘은 사라졌고
길고양이는 하늘을 날지 않더냐
기발한 생각은 없어도
무직인 나는 빈손을 쓱쓱 비비면서
인터넷 기사 제목만 보고
다 읽은 듯이 산다
소설도 요약본을 읽는다
좋은 소설이야
시집도 한 줄 요약으로 읽어야겠다
제목이 멋있네 그러면서
하늘 한 번 구름 한 번 쳐다본다

무엇을 쓰고 있는가

시집 열다섯 권 냈고
산문집 열 권 냈다
산문집 중 하나는 산문소설이다
나는 소설가가 아니므로 산문으로 읽어도 좋다
아니 시로 읽어주면 더 좋겠다
시가 아니라도 상관없다
소설이 아니라도 상관없다
나는 썼을 뿐이다
시라고 썼지만 올드하고
산문이라 썼지만 허술하기 짝이 없다
올드하지만 어쩔 수 없고
허술하지만 어쩔 수 없다
나는 그렇게 썼고
그렇게 쓰는 수밖에 없었다
바람이 불면 바람이 불듯이
파도가 치면 파도가 치듯이
나는 그렇게 바람 불듯이
파도치듯이 썼을 것이다
밤에도 썼고 낮에도 썼고
쓰지 않을 때도 썼으니

실로 미쳤군 미쳤지
그렇게 말하지는 마시라
밥먹듯이 살고 있는 당신이
밥먹듯이 썼다고 말하면 곧이듣겠다
시가 오지 않아도 쓰고
비가 오지 않아도 썼으나
그것은 내 안에서 불던 사소한 바람
나는 바람결을 대변했고
지워진 빗소리의 잡음을 녹음했다
어두운 극장에서 울고 있던
누군가의 목소리를 썼을 뿐
생은 늘 한 짐인데
시를 꼭 잘 쓸 필요가 있겠는가
이 밤, 생을 좀 덜어내면서
나는 또 무엇을 쓰고 있는가

쓸쓸함을 위하여

잠 없는 밤엔 잠 없이 산다
그게 좋다 어쩔 수 없다
스님의 반야심경을 들으며
내게 오염된 상(相)을 싹 지운다
이런 밤이 좋다 아주 좋다
부처라도 된 듯한 호사를 누린다
낮엔 중랑천을 걸었고
이미 와버린 봄낮에 얼굴을
맞대어보았다 나는 살아있었구나
망해가는 예술가는 망해야 한다
나처럼 밤잠을 설칠 것이 아니라
시대착오적으로 헷갈려야 한다
나는 그렇게 하지 않을 결심이다
살던 대로 살고 쓰던 대로 쓰면서
조용히 밀려온 2월 초순의 봄밤 같은
쓸쓸함과 적막함과 덧없음과 군소리와
페이스북과 무정부적인 유튜브와 손잡고 놀 것이다
다른 언덕을 만나게 될지도 모른다

오늘은 어떤 커피가 좋을까?

나는 많이 썼고 조금 읽었지만
아직 쓸 것이 있고 읽을 것은 줄어든다
고개를 끄덕거린다
창문 너머 오늘의 태양
의미 없이 떠올라서 내 방을 기웃
나는 한번 손짓 한번 눈짓
예전에 갔던 외국 여행지가 떠오른다
단순하게 만들어진 도시의 거리를 걸었는데
단순함이 좋아 왕복으로 걸었지만
지금 생각하니 실제로 단순한 거리를
걸었다는 기억은 없다 증거도 없다
왜 시를 쓰냐는 물음을 받을 때마다
나는 한남시인이 되고 만다
그만 물어주시라
(제발 좀 물어주시라)
그렇지 않은가
동네 메가커피 키오스크 앞에 서서
커피값이 오르지 않아 그나마 아직은
그런대로 나의 행복이 유지된다는 것

다른 나라에서

철지난 시를 읽으며 나는
나의 자가당착을 끌어안는다
본 사람은 없겠지 없을 거야
없어야 해

어떻게 살아도 해는 지고
어떻게 살아도 해는 다시 뜬다
커피를 마시지만
어제 마신 그 커피는 아니고
입맛도 어제의 입맛이 아니다
날마다 다른 삶이 찾아오므로
삶도 다른 말을 찾아야 한다

여기까지 썼는데 다음 생각이 오지 않아
자판에서 손을 떼고 기다린다
내 생각은 어디를 헤매고 있는가

강원도에서 몇 밤

강원도에서 몇 밤
나의 갈피를 뒤적거리면서 중얼중얼
노트북에 헌신하기보다는
페이스북에 종사하는 게 낫겠어
이단만이 살 길이다
종이에다 고백하는 작업은 그만해도
된다고 나에게 고백하면서
흘러간 구름자리를 쳐다본다
절뚝이며 찾아온 각성 한 줄!
지금 시를 쓰고 있을 때가 아니다
난망하나 이것은 정답이외다

청탑다방

간판도 있고
전화번호도 있는데
전화 걸면 없는 번호로 뜬다
마음 헐거울 때는 말이지 미친 척
청탑다방에 전화를 걸고
점잖은 목청으로 주문한다
커피 두 잔 하고요
설탕도 듬뿍 보내주시오
기다려도 커피는 오지 않지만
나는 기다림을 그치지 못한다

하나 마나한 얘기

하나 마나한 얘기를 쓸 줄 아는
소설가, 그대를 위해 만세를 부른다
쓰나 마나한 시를 쓰고 있는
나에게는 애국가 3절까지 불러줄까?
이렇게밖에 쓸 수가 없소
잠자리를 어지럽힌 개꿈에 대해
프로이트선생의 학구적 해몽은 사양하겠소
서툴고 엉성한 나의 개꿈 속으로
코로나 마스크를 쓰고 들어오는 저 이는
누구시던가?
쓰나 마나한 얘기는 허둥지둥하는
나의 헷갈린 사랑이었을 것이오 늦었지만
이렇게라도 고백해두는 바이오

서울역 가는 중

죽어도 어색하지 않은 나이는
몇 살이지? 지금? 지금이라고?
서울은 영하 17도
맘도 몸도 생전처럼 시리다
내 몸을 더듬는 동지 다음 날의 한파를
장갑 낀 손으로 꼭 쥔다 반가워
더 살든가 덜 살든가
그건 내 문제가 아니잖어
그런 사색하면서 전철 타고
17개월짜리 손주 만나러
서울역 가는 중
삶은 철없이 두근거린다

사랑도 그랬던가

누구의 신작시를 읽으면
아직도 가슴이 울렁거린다
좋든 싫든

무슨 불치병인가
물어볼 데 없어 창문을 열어놓고
겨울밤을 서성거린다

사랑도 그랬던가

시는 내일까지만

표지갈이만 하고 다시 제본한 듯
그것이 그것 같은 시집들
소인은 할 말이 없네
입이 스무 개라도 할 말이 없어
책상에 앉아 삶을 시늉하고 있으니
미안하고 미안하다

         *

당신은 끝났소
쫌 그만 쓰시오
그런 소리 들어도 싸다
숨죽이고 몰래 울어야겠다
그래도 싸다
내일 자격증을 반납하겠다고
예술청에 보고해야겠어
시는 내일까지만 쓰자

시집 뒤풀이

한 편의 롱 테이크

이 장면은 한 편의 롱 테이크를 위한 다큐멘터리 대본이다. 대본이라는 말이 어색하지만 독자의 상상으로 옮겨지기를 바라는 문장들이다. 때는 단기 4355년 11월 중하순쯤이고, 장소는 중계동 나의 거처다. 방은 서너 평 크기. 긴 책상이 있고, 책상에는 책 몇 권, 필기구, 커피잔, 휴대폰, 소형 블루투스가 보인다. 다른 물건은 없다. 단순하다. 컴퓨터. 시인의 등 뒤는 서가다. 시인이 책상에 앉아 있고 긴 책상 한 끝은 창문이다. 창문 너머로는 불암산 전경이 시인의 일상을 조율한다. 이 모든 풍경이 하나의 프레임 속에 들어 있다.

1#

화면이 열리면 내가 책상 앞에 앉아 있다.

특별히 무엇을 하고 있는 것 같지는 않다.

내 손에는 책 한 권이 들려 있고, 책을 이곳저곳 넘긴다.

읽는 것은 아니다. 단지 책을 느끼는 시늉이다.

나는 회색 긴팔 티셔츠를 입었고, 바지는 검은 면바지다.

머리는 백발이고 숱이 좀 빠졌다. 시술을 가하지 않은

또래 남자들의 평균적 겉모습이다. 녹슨.

요컨대 네버랜드의 인류는 아니다.

세금처럼, 세월에 삶을 제때에 헌납한 모습이다.

나는 책을 놓고 두 손으로 턱을 괸다.

커피잔을 들고 홀짝거린다.

커피잔을 내려놓고 오므린 손끝으로 책상을 두드린다. 톡톡.

조금 뭉툭한 소리가 일정한 박자로 울린다.

(나의 중얼거림이 보이스 오버로 흘러나온다. 보이스 오보 내레이션을 주로 사용하는 이유는 그것이 나의 의식과 상관없는 일종의 무의식적 발화처럼 들리기를 바라기 때문이다.)

오전 내내 내가 쓴 시 한 편의 교정을 보면서 쉼표 하나를 떼어냈다. 오후에 나는 쉼표를 다시 붙였다. 오스카 와일드의 말이다. 그가 정말로 그런 말을 했을까? 트위터에 흘러다니는 문장을 주워왔다. 내 나이가 몇 개인데 저런 순진한 문장에 꽂

히는 걸까. 그럴 수도 있겠지. 쉼표를 찍었다 지웠다 하면서 자기 호흡을 조율하는 것이 시 쓰는 작업이겠지. 그런다고 세상이 달라지는 건 아니다. 문장의 구조는 바뀐다. 시인들은 그런 착각을 즐긴다. 문장의 구조가 바뀌면 세상의 구조도 바뀐다는 착각을 한다.

강고하고도 클래식한 망상.

그러나 나는 아니다. 그런 지경을 연출하는 문장의 구조를 가져본 적이 없다. 그것은 내 깜냥 바깥의 문제다. 신은 나에게 그런 시적 재능을 주지 않았다. 신을 탓할 일은 아니다. 나에겐 미신이 없다. 나의 재주 없음도 탓할 일은 아니다. 역설이지만 나는 시인으로서 나의 재주 없음을 사랑한다. 그것이 나의 재능이기도 하다. 나는 한 편의 시가 발표되면서 한순간도 견디지 못하고 연기처럼 사라지는 광경을 많이 보아왔다. 누구의 시든 예외는 아니다. 시의 공적 가치는 소멸했지만 개인을 연소하는 시의 본능은 끈끈하다. 그것에 기대어 나는 시를 쓴다. 나는 감정과 감각의 유사 해방감에 사로잡혀 있다! 여담이지만 시 쓰기를 그만 둔 사람들의 자제심을 부러워한다. 쓴다는 것은 실로 엄청난 욕망이자 허욕이다. 허영일지라도 달라지지 않는다. 그것은 차라리 더 무섭고 더 서글프다.

나는 시의 소멸에 대해 생각하는 게 아니다.

그 일은 내가 떠들 문제는 아니다. 내가 하려는 얘기는 아니지만 시는 인터넷 공간에 둥둥 떠 있다. 그것이 시를 더 애물로 만들고 있는지도 모르겠다. 사라지지도 못하고 인터넷 어딘가에 붙잡혀 있는 시는 승객들의 굳건한 외면을 견뎌내야 하는 지하철시의 운명과 다르지 않다. (나는 지하철시를 미워하지 않는다. 이제는 그런 시들도 사랑스럽다.) 나는 그저 내 재주 없음을 아끼면서 내 시를 썼을 뿐이다. 내 시? 내 시는 어떤 시지? 혼란스러워지는군. 내 입으로 내 시라고 하고 보니 우습군. 과연 내가 쓴 시가 내 시일까? 내 시라고 할 수 있을 것인가? 시 한 편의 고료를 받을 때만 나는 내 시의 자작권을 누린다. 내 시에 묻어 있는 남의 숨결이여, 좀 꺼져다오. (잠시 침묵)

휴대폰 문자벨이 울린다. 문자를 확인한다.
신규확진자 3,794명, 18세 이상 2가백신 예약 없이 접종.
서울시가 보낸 문자다.

시인은 커피를 마신다. 아주 조금씩만.
턱을 괴고 벽을 바라본다. 벽에 무엇이 있다는 듯이.
(계속 보이스 오버로) 그런데 나는 내가 쓴 시를 의심한다. 다른 시인들의 살림도 비슷하겠지만 시인이 선택하는 말이 시인의 소유가 아니라는 점이다. 누구의 것도 아닌 공공재다.

언어에는 숱한 세월을 거치면서 숱한 사람들의 지문이 묻어 있다. 시인들은 언어와 문장에 자기 이니셜을 각인시키려는 존재다. 이름을 지워도 누구의 시인지 알 수 있도록 개성화 하려고 노력한다. 노력이라는 말이 어색하지만 그냥 둔다. 노력은 문학에도 성공의 모성을 발휘하는가.

내가 쓴 시를 나는 믿을 수 있는가?

좀 심각한 질문.
내가 대답할 문제다.

내가 어떤 시어를 집어들 때면 그 말에 나의 피가 쏠리는 느낌을 받는다. 여러 번 그 말을 사용하다 보면 물론 피의 농도는 묽어진다. 처음 하나의 말을 선택할 때 묘한 짜릿함을 느낀다. 그것 없이 나는 말을 고르지 않는 편이다. 그렇게 고른 말들이 새롭게 어깨동무를 하고 의미의 연대를 결성한다. 새롭거나 이채롭다. 내가 이런 문장을 만들다니. 이게 시 쓰는 보람 아니겠는가. 나를 다독거린다. 그런 자기 희열이 오래 가는 것은 아니다. 정확하게는 쓰는 순간까지다. 그 이상은 아니다. 조금 전과 다르게 그저 그런 시로 변하고 만다. 내가 쓴 시가 나를 가격하는 셈이다. 사랑이 그런 것처럼. 아직도 내가 당신을 사랑한다고 생각하세요? 꿈 깨세요. 내가 시에게 할 수 있는 유일한 복수는 내가 쓴 시를 망각하는 것이다. 저런 시를 내가 썼단 말인가. 믿을 수 없군. 아무튼, 내가 쓴 시에 소속되고 싶지 않다. 내가 썼던 시를 언제나 나는 다시 쓴다. 그 사실을 나만 모르는 척 가장하고 있다는 것. 처음인 듯, 갔던 길을 다시 가는 것. 그것이 내 시 쓰기의 요체라는 사실을 나는 인정하지 않을 수 없다.

아침에 시를 썼다.

초고상태다. 11월 29일은 대여 김춘수가 죽은 날이다. 나에게는 저런 기록이 역사다. 문학에 입문하면서 들었던 이름들이라 그렇다. 청춘의 윗목에 있는 기표들. 김춘수 선생이 내가 편집장이었던 출판사에서 시집을 낸 적이 있다. 『라틴點描·其他』(1988년). 시인은 당시 방송심의위원회의 위원장이라는 직함을 가지고 있었고, 사무실은 태평로에 있었다. 선생은 인지를 무릎에 올려놓고 붉은 사인펜으로 일일이 저자사인을 했다. 인지에 도장을 찍던 시절이다. 가끔 세검정 사무실로 전화 걸려와서 인세를 독촉하던 귀여우신(?) 기억도 있다. 아침에 쓴 초고를 옮겨놓고 읽어 본다. 내가 쓴 시를 육성으로 읽어보는 일도 오랜만이다. 내 방식의 시식.

오늘은 11월 29일 화요일
김춘수 시인이 작고한 날이다
향년 82세

1922년 11월 25일

경상남도 통영 출생
(한때는 나도 통영에서
태어나고 싶은 적이 있었지)
니혼대학 문예창작과 중퇴
그때도 문창과가 있었다고?
중퇴해보지 못한 나의 쓸쓸함에 대해
낮은 강도로 화를 내본다

누구에게도 호명되지 못하고
자기 이름을 스스로 부르면서
하나의 몸짓으로만 살아가는 사람들을
무엇이라 부를까?
그들이 맞이하는 밤을 무엇이라 부르겠는가?
이 시는 그들을 위해 쓴다 무엇보다
나를 위해 고쳐쓴다

시를 쓴 손끝으로 짜릿함이 느껴오지 않는다.
김춘수라는 기표에 기댔기 때문일 것이다. 내 시는 없고 김
춘수만 공지한 격이 되는 건 아닐까. 그렇군. 허허허. 이런 류
시들의 비성공은 늘 그렇듯이 인용하는 시인의 후광을 넘어
서지 못해서일 것이다. 대개는 이런 시인을 안다는 정도의 적
막한 과시용으로 끝이 난다. 단시를 예상했는데 길어졌다. 아
직도 나는 언어의 군더더기에 미련과 집착이 많다. 시를 쓰는
훈련은 군더더기를 밀어내는 연습일 터인데 말이다. 언어와

의미에 대한 애착을 끊지 못하는구나. 알맹이라고 추앙되는 의미에게 외면당한 군더더기가 시라는 생각이 솟는다. 이런, 의미론적 어깃장이라니.

    2#

책상에 있는 휴대폰 벨이 울린다. 카톡이다.

카톡 화면을 연다. 공연희 시인이다.

손생님, 시집 축하해요.

감삼다.

얼굴 한 번 뵈어야지요.

네.

서교동은 어때요?

서촌도 좋거든요.

거기 뭐 있는데요?

서교동에 있는 건 거의 다 있을 거지요.

그럴까요?

요즘 어떻게 지내시나요?

재미없고요. 강의평가 받는 중.

재미없을 나이는 아닐 텐데.

쉰 넘어서도 재미있으면 정신분열이겠지요.

그런가요.

손생님도 칠십이에요,

사과드립니다.

어머, 고희야, 어떡해. 그 나이에 시를 쓰시다니!

정서적 난민이지요. 사회적으로도 육체적으로도.

이제 고만 쓰세요. 육십줄 시는 안 읽어요.

재미없어요.

아주 공감각적인 말씀입니다.

영화 얘기 뚝, 음악 뚝, 문학 뚝, 다 뚝이에요. 지루해요.

이제는 식상하답니다.

식상은 상식! 이선상님 우울증 온 거 아닌가요? 갱년.

우울증은 기표 연쇄의 지체라더군요. 생각도 잘 나지 않고.

기표의 수혈이 필요합니다. 책읽기, 시 쓰기 등등.

저는 한 학기 강의 뒤풀이를 손생님 하고 하네요. 이것도 수혈.

우울할 때는 클래식 창법으로 트로트를 불러보세요.

조만간 연락드릴 게요.

네.

   3#

나는 폰을 손에서 놓고 책상 위로 밀어놓는다.

다시 폰을 집어들고 문자 화면을 읽는다.

[행정안전부] 빙판길 넘어짐 예방을 위해 보폭을 줄이고 굽
이 낮은 신발을 신으며 주머니에 손을 넣지 않습니다. 저온
에서 뇌경색 발병이 높아지니 보온에 유의합니다.

[문학예술위원회] 우리나라의 시생산이 연간생산량을 초과했으니 시인들은 가급적 시창작을 줄여주시길 당부드립니다. 죄송한 말씀 드려서 죄송합니다. 건필하십시오.

폰을 끈다.

나는 의자에서 일어나 창가로 다가선다.

먼눈으로 창밖을 개관한다. 아파트, 아파트, 아파트.

아파트의 행진 옆으로 불암산이 누설하듯 암벽을 내어놓는다.

흘러내린 암벽의 신념이 순진하다.

이 대목에서 보이스 오버로 나의 중얼거림이 머리 위로 쏟아진다.

너무 멀쩡해서 시를 더는 못쓰겠더라고 말하던 전직 시인의 말이 떠오른다. 나는 가끔 그 시인의 말이 생각난다. 시는 멀쩡하지 않은 사람이 멀쩡하지 않을 때 쓰는 건지도 모른다. 시를 쓴다는 건 징징거림이다. 그 이상은 뭐지? 철들었거나 정신이 멀쩡한 인간은 징징거리지 않는다. 그럴 수가 없다. 이성의 벽에 갇히기 때문이겠지. 예술위원회의 통계는 없지만 대개 할 일이 없거나 시간이 남는 사람들이 붙어 있는 게 시분야다. 소설은 일단 길잖아. 또 소설은 서사니까 앞뒤가 좀 맞아야 하겠지. 물론 앞뒤 잘 맞는 소설치고 재미있는 소설은 잘 보지 못했다. 내가 딱 이 칸에 맞는 인간이다. 시간 남는 인간들이 뚝딱뚝딱 끄적이기 좋은 것은 딱이다, 시가. 이 생각이 무슨 신념까지는 아니지만 그렇다고 수정할 생각은 없다. 시 쓰기를 존재 이유로 삼는 것이 비위생적인 건 아니다. 시를 하는 행위는 세상이 관용하는 제도적 정신분열이거나 저속의 죽음충동이겠지. 시는 자기 관점만 지키면 되는 거지. 시는 사회생활 메뉴어리가 아니다. 골방의 문법이다. 멀쩡하지 않은 인간이 쓰는 멀쩡하지 않는 짧은 중얼거림. 과장된 신경증, 앞뒤 없는 문맥. 엉뚱한 소리. 부정확한 오작동의 뒤틀림. 헛긁는 소리.

징징거림.
더 큰 징징거림.
통큰 징징거림.
부정확할수록 사태를 정확하게 드러내는 말하기.

징징거리며 환상을 건너뛰자.

나는 손을 뻗어 폰을 쥔다.
폰을 문지르고 전화를 건다.
전화가 수신인을 찾는 긴 신호음.

4#

나야, 뭐해? 그냥 걸어봤어. 커피나 마실까? 손주는 많이 컸겠네. 왜? 애기가 무슨 코로난가. 저번에 무슨 심사 간다고 하지 않았나? 잘 하고 온거? 심사료 너무 적다. 웃기는 데도 많아. 그런 거 하지 마라. 나? 나는 아침에 커피 한 잔 마시고 책상 앞에서 이러고 있다. 오늘? 오늘 오후에는 영화나 볼까 하는데. 같이 갈텨? 왜? 늙어서 바쁘다는 건 좀 그렇지 않아? 나와서 바람 쐬고 가지? 그럼, 강원도도 가야지. 바다도 관리하고. 당장은 보지 않는 책들도 거기 다 있지. 아니야. 요새는 책을 잘 안 읽게 되더라구. 본래도 뭐 많이 읽은 건 아니지. 뭐랄까. 기억력도 휙휙 날아가. 좋은 현상인가. 금방 읽었던 작가 이름이 떠오르지 않은 때가 왕왕. 짐 자무쉬가 생각나지 않아 한참 헤맨 적도 있어. 예를 들면 그렇다는 거지. 수면에 잠겼다 떠올랐다 하는 식이야. 기억력도 그렇지만 그보다는 집중력, 장악력이 무뎌져. 점점 그래. 손아귀에 힘이 스르르 빠져나가는 걸 느낀다는 거지. 힘 빠진 정도를 내 것으로 최적화하며 사는 거지.

전화 길게 해도 되는 거야? 나야, 괜찮지. 참, 이상하지, 자네도 그런가? 별로 다를 게 없겠지. 내 폰은 일주일에 한 번 울릴까? 숱하게 전화 걸던 사람은 다 어디 간 거여? 그 많던 싱아. 나를 향한 무슨 음모 같아. 전화 걸지 않기 연대라도 만들어진 듯. 화물연대는 아니고. 자네도 그렇지? 음, 그렇군. 무료한 시간의 더없는 평화 혹은 덧없는 평화. 덕분에 말 그대로 존재론적 시간을 살지. 집사람은 날보고 고립무원이라 그러더군. 맞은 말이야. 베풀지 않은 자의 과보라네. 웃었지. 베풀지 않았다? 자네는 이해할 듯 한데 말이야. 베풀지 않기를 잘했다고 생각한다네. 그냥 그런 생각이 올라와. 변명이라고? 그럴 테지. 글농사는 잘 되어 가는가? 나는 자네의 시가 읽고 싶다네. 자네 시를 읽은 뒤 휑한 감정을 추스르고 싶으이. 누구를 안다는 것이 그 사람의 시를 읽는데 도움도 되지만 방해가될 때도 많지. 늘 하는 말이지만 나는 시가 이해될 때보다 시가 이해를 가로막을 때가 좋더라구. 사실 우리끼리 하는 말이지만 이해되는 얘기를 시로 쓸 필요가 있을까 모르겠어. 사회적으로는 필요하겠지만 말이야. 시인들은 자본주의에 저항하는 듯한 말들을 하지. 일종의 문학적 제스츄어지. 영업 종료팻말을 걸어놓고 안에서는 일일결산을 하는 셈이지. 하는 척하면서 살 수밖에 없는 행동편향증세. 잡담과 가짜뉴스에 파묻혀 사는 거지. 시 쓰기도 그런 증상이겠지, 이게 개혜엄인지 아닌지 누가 알겠어?

내가 시집을 자주 제본한다는 소문이 있더군. 일년에 한 권내는 건데 그게 많은 건가? 미처 읽을 시간이 없다고? 그 말은 맞지만 정확한 해명은 아니라고 보겠네. 읽을 시간이 없다는 건 잘 알겠지만 그렇다고 종이를 제공한 나무 앞에서 줄줄우는 버릇은 참는 게 좋겠어. 나에게 미안해할 것까지는 없고. 그렇다는 말이야. 시는 삼십 이전에 끝냈어야 하는데 시쓰기가 지체되면서 이 지경에 다다른 거지. 누구에게도 도움이 되지 못하는 이 기만적 집착심. 친구여, 나는 그냥 쓴다. 헛짓인 줄 너무나 뻔히 알면서 쓰는 거야. 헛짓만이, 쓸모없는 짓거리만이 거룩하다고 믿으며 산다네. 시에 고용된 거지. 노트북을 착취하면서 자아의 바다를 떠다니는 거지. 단지 익사하지 않으려고. 노트북도 종이도 인내심이 강하다.

커피 생각나는군. 맛있는 커피집도 찾았다네. 나올래? 손주가 아프다고 그랬지. 깜빡했군. 어제 영화 봤는데 그 얘기 해주고 끊을게. 관심 없으면 말해. 어제 노원롯데시네마 10층 6관에서 독립예술영화 〈우수〉를 봤어. 우연히 알게 된 영화야. 뭐, 다른 건 검색으로 확인할 수 있는데, 검색이 늘 그렇듯이 영화와는 비슷하지도 않은 내용을 전해줄 거야. 내가 하려는 장면만 얘기할 테니 들어봐. 사진관을 하는 중년의 남자가 후배의 영정사진을 구하려고 옛날 결혼하려던 여자를 찾아가는 장면. 이 남자가 결혼식장에서 도망쳤다나봐. 그 여자사람은 얼마나 이를 갈며 살았겠어. 죽이고 싶었겠지. 누가 찾아왔는지 모르고 나왔던 여자가 오빠라 불리는 웬수같은 남자를 딱 보는 순간 딱 한 마디 하고 딱 돌아섰어. 그 딱 한 마디 때문에 나는 이 영화를 다 본 것 같았음. 자네는 어떤 말을 할 수 있겠어. 그 여자라면. 한 십여 년 지난 뒤쯤의 그 감정 말이야. 6관에 나 혼자 앉아 있었는데 나는 웃고 말았어. 크크. 내 웃음을 화면 속 그 여자도 들었을 걸. 무슨 말이냐고? 전혀, 꿈에도 생각하지 않았던, 결혼식장에서 달아났던 그 오빠와 딱 마주치는 순간 하는 말은 이랬어. 아, 깜짝이야, C발. 그리고 딱 돌아섰다는 거지. (생각해봐. 요즘에 사진관을 한다는 거. 오다가다 여권 사진 한 방 박아주는 직업. 먹고 살 수 있겠어? 아티스트도 아니고 말이야. 왜 이런 시대착오에 1960년대 소설가 김승옥식의 련민을 참을 수 없는지 모르겠어. 련민. 련민.)

폰을 끈다.
나는 방안을 서성거린다. 방안 산책이다.
돌아서서 눈으로 서가를 검색한다.
책들의 공동묘지군, 나는 계약직 묘지기 신분.
내 머리 위로 나의 활자들이 주루룩 쏟아진다.

5#
(보이스 오버로) 아침에 썼던 시를 퇴고해야겠다. 그런데 그 시는 어디를 손보지? 퇴고할 때마다 겪는 난감이 있다. 초고가 퇴고를 능가한다는 느낌 말이다. 퇴고의 잔손질이 초고가 가졌던 숨결을 다 없애버린단 말이지. 성형을 하면서 본얼굴이 사라지는 것과 비슷하겠지. 여러 번 수정하면서 여러 편의 수정본이 나타난다.

생각으로는 그 수정본을 다 제시하고 싶다. 그것을 살피면 내가 어떤 표현을 견지지 못하는지가 드러난다. 나의 선택이 옳은 것은 아니다. 내 시적 취향과 리비도가 드러날 뿐이다.

하나의 말을 집어들 때와 행갈이를 할 때 어김없이 나의 전체가 걸려든다. 전생애라고 하면 과한가? 엄살인가? 표현이 과열되고 있지만 엄살은 시가 사랑해야 할 항목이다. 시를 만지면서 나는 나의 취향을 선택한다. 나의 취향이 무엇인지 모르지만 시에 드러난 문체는 나의 취향을 연기한다. 시는 나를 싣고 어디론가 간다. 오늘은 한 편의 초고를 썼다. 그것뿐이다. 시 한 편이 어디냐. 그렇기도 하구나. 시 한 편이 어디더냐. 이 수구적인 울렁거림.

나는 일어나서 창문을 연다.
바깥의 소음이 얼른 방안으로 몰려온다. 자동차 소리.
간간이 구급차 사이렌이 요란하게 들린다.
구급차 사이렌이 들린다. 당대를 흔드는 비상벨 같다.
거실에 나가서 커피를 더 만든다.
카메라의 프레임 바깥으로 나간다.
(문장 밖으로 나간다는 말도 되는가?)
내가 비운 방안이 물속처럼 조용하다.
10여분 뒤에 나는 다시 방으로 들어온다.
문장 안으로 들어왔다는 뜻이기도 하다.
손에는 커피잔.
창밖을 내다본다.
그 위로, 아래로, 옆으로 나의 말은 쏟아지고, 흘러내리고,
튀어오르고 흘러간다.

(보이스 오버로)

벌써 겨울이야. 어제는 가을이었는데 오늘은 겨울.

이제 봄을 기다리자.

겨울을 살아야겠지. 겨울을 잘 살아야 일년을 잘 견딘다. 입동 지났고, 소설 지났고, 대설이 다가오겠군. 그 다음은 동지. 내년 봄은 더 잘 살아야겠지, 나는 봄에 시를 많이 썼다. 봄시가 많다. 통계는 없다. 느낌이다. 올해는 그냥 지나갔지만 상계역 앞 벚꽃이 지기 시작할 때 그 밑에서 맥주 마시는 일은 행복하다. 단, 며칠. 이런 행복을 올해는 강릉에 가 있는 동안 놓치고 말았다. 내년 봄에는 상계역 벚나무 밑에서 맥주를 마시며 김춘수의 「서풍부」를 낭독해보리라. (다시 책상에 앉는다. 컴퓨터 전원을 넣고 화면이 떠오르기를 기다린다. 이때 방문 두드리는 소리 들리고, 식사하라는 집사람의 목소리가 들어온다. 밥먹는 기계. 食蟲은 카프카보다 윗길 표현)

6#

다시 책상 앞이다.

달라진 건 없다.

생수를 마신다. 폰을 열고 음악을 들으려다 포기한다.

음악이여 안녕. 폰이 울린다. 웬 폰?

박세현 선생님 폰이지요?

네, 누구시지요?

저 모르시겠어요?

모르겠는데요.

왜 모르실까? 어떻게 모르실 수가 있을까요?

저는 선생님을 잘 알고 있는 사람입니다.

그런가요. 좀 당황스럽군요. 누구신가요?

차차 아시게 될 겁니다. 저는 선생님 시 독자이기도 합니다.
3월인가 웹진에서 시도 읽었어요. 「진주목걸이」던가요?

그런 시 있었습니다만.

그 시 읽으며 공감했더랬습니다.

제 탓은 아니지만 암튼 죄송하군요.

그래요. 제 문제지요.

선생님이 죄송할 일은 아닌 것 같은데요.

내 시가 남의 마음을 움직였다면 그건 시의 실숩니다.

내 마음도 흔들지 못하는 시가 남의 정서에

터무니없는 균열을 내는 건 치사한 도발입니다.

시는 불온한 거잖아요. 거의 불미스럽지요.

내 말뜻을 왜곡하지 마세요. 그거랑 이거는 다릅니다.

시를 읽고 울었다는 독자의 반응을 볼 때마다 울고 싶어집
니다.

지금은 19세기가 아니거든요. 계몽은 끝.

그런 시가 있다는 건 독자 입장에서는 좋은 거 아닌가요?

문학적 사춘기의 증거입니다.

너무 심하시다.

미안하군요.

괜찮아요. 선생님은 자연스럽게 안티를 발아시키고 육성하신 분입니다.

그런가요?

일종의 모두까기지요. 종말에는 도저한 자기부정에 이르겠지만.

쓸쓸한 일이지요.

알고는 계시군요.

네. 거의 실천적이지요.

현실에서는 체제지향적으로 살지 않으셨나요?

체제의 품에 안겨 살았습니다. 본래 그런 사람은 아니지만.

나름 솔직하시군요.

근데 누구세요?

차차 아시게 될 건데요.

「진주목걸이」를 잘 읽으셨다면 돋보기를 쓰실 연세겠군요.

이번에 내신 시집도 제 손에 있는 걸요.

독자가 있다는 건 쓰는 사람의 소망이지만 구체적 독자는 부담이지요.

걱정마세요. 저는 모호한 독자랍니다. 게다가 애매하구요.

선생님한테 전화드린 건 우리 독서모임에 초청하려구요.

독서모임이 있군요.

알차고 깊은 독서모임이거든요.

선생님도 오시면 빠져드실 거예요. 틀림없이요.

그런 건 왜 한답니까?

그러게요. 그런데

시인은 공인인데 그런 반동적인 생각을 가지시면 되나요?

나는 공인이 아닙니다요.

나는 단지 방구석에서 키보드를 애무하는 새디스트입니다.

호호호. 그런 멋진 말씀을!

문학의 공적 가치가 종료되었다는 건 제 생각이구요, 그래서

시인은 오늘날 핸드마이크를 들고 골목을 어슬렁거리는 건
달들이지요.

문인은 공인이 아닙니까?

공인은 예능인들과 체육인들이 공인이지요.

제가 오해했군요.

국민 세금을 떡주무르듯이 챙기는 국회의원들이 공인 갑이
지요.

세금으로 문집을 내는 문인들도 공인이겠군요.

궁극의 자기를 만나려는 (적)극적인 소망을 가진 존재가 더
시인이겠지요.

순수한 차원의 온전한 사인(私人)를 꿈꾸는 자.

독서모임에서는 어떤 책을 주로 읽으시나요?

주로 선생님 책만 읽고 있거든요.

제 책을요?

정말이거든요. 박세현 전작모임이라 할 수 있지요.

음, 무슨 말인지는 알겠는데 이해는 가지 않는군요.

선생님이 오셔서 가벼운 토론을 해주시면 됩니다.

자유롭고 너그럽게요.

관심 있으시지요?

오리무중 속을 걷는 기분이랍니다.

그러실 수도 있겠지요.

제 책을 위한 모임이라니 의무감이 생깁니다.

그러실 거예요. 그러실 줄 알았어요.

근데 전화하신 분은 독서모임의 리더인가 보지요?

그냥 회원입니다.

회원은 몇 명이나 되나요?

회원은 저 혼잡니다.

(전화는 여기서 툭 끊어진다.

다시 전화를 걸어봤지만 통화는 되지 않았다.)

7#

나는 웃는다. 폰을 내려놓으며 오른손 손가락을 모아서
책상을 톡톡 두드린다. 마음을 정리하는 습관이다.

(보이스 오버) 이상한 전화군. 뭐야. 장난 전환가.

그렇겠지. 그럴더라도 이상하군. 보이스피싱이군. 재밌네.
박세현 전작주의?

세상에 그럴 일은 없을 것이고 있다손 치더라도 해프닝이다.

학자들이나 할 짓이다. 예컨대 임화나 박태원, 이태준과 같
은 작가들의 문학적 동선을 추적하는 학자들에게나 필요한
작업들이다.

방금 내가 헛것과 통화를 했나 보군. 다시 한번 전화를 해
봐?

없는 번호라는 메시지 음성이 나오는군.

잠시의 환청이었네. 꿈이었나.

환청과 환상이 가려주지 못한 현실은 늘 악몽이다.

동경 오지 않겠소?

다만 이상을 만나겠다는 이유만으로. (이상)

8#

나는 일어나서 다시 방안을 서성댄다.

무슨 생각을 한다는 듯이, 생각을 털어버린다는 듯이

방안을, 좁은 방안을 오래, 느리게 서성댄다.

시인들이 창조한다고 하지만 과연 무엇을 창조했는가?

이강의 시가 지나간다.

내 목소리로 시를 소리내어 낭독한다.

남들의 글을 훔치고 인용하고 은폐하고 있었을 뿐이다.

(그렇지요, 이건 나의 추임새다)

도대체 남들의 글을 읽지 않고는 시를 쓸 수 없고, (그럼요)

시라는 이상한 글쓰기를 모르고는 시를 쓸 수 없다. (네)

사정이 이렇다면 나만의 독창적인 사고가 있는 게 아니라

나와 남들의 대화가 있을 뿐이고, 내 사고는 남들의 사고의 쓰

레기이다. (맞습니다. 누구의 시는 누구의 찌꺼기겠지요 냄새

나는 분비물에 지나지 않습니다. 그리하여 내 것과 남의 것이 뒤섞여 분간할 수 없는 혼돈. 그것을 시라고 부르겠습니까? 선생님도 고개를 끄덕이시는군요. 급발진은 없고 안전빵을 만드느라 없는 고민을 고민하고 있는 시인들에게 한 마디 해주십시오, 제발)

    9#

나는 책상에 있는 시집을 집어든다. 『自給自足主義者』다.

표지를 보고, 표사를 본다. 그냥 슬쩍 보는 것. 그리고

시집을 후루룩 소리가 나도록 넘겨본다. 손끝에 만져지는 종이느낌을 체감한다. 만족과 불만이 어떤 균형점을 찾으려는 순간이다.

다소간 새로운 포맷을 가지고 있다는 점은 만족이다. 이런 것이 시집의 정본이라는 듯한 표정을 짓지 않고 있어서 만족스럽다.

불만도 크다. 너무 시 같다. 누가 봐도 시 같다면 이건 실패다. 평론가도 일반 독자도 시큰둥하기 십상이다. 이건 뭐야? 이런 표정을 지으며 돌아설 것이다. 독자들에게는 미학적 갈증을 채워주지 못한다는 혐의로 인해 기소될 것이고, 평론가들에게는 자기들이 익힌 이론을 써먹을 근거가 없다는 의구심으로 일고의 여지없이 기각될 것이다. 이 작자는 뭐야!

한달음에 주르륵 쓴 것 같은 시 있지? 그런 시야.

언젯적 시인이냐. 이젠 링밖에 있는 시인들이잖아.

네버랜드 시민인가? 원로반열에 무얼 더 바라겠니.
원로는 먼 길을 떠나야 할 분들이지.

10#
다시 휴대폰을 주무른다.
망설인다.
전화를 건다.

여보세요. 통화 괜찮으세요? 다행이군요. 그냥 걸었어요.
그렇지요. 꼭 그런 건 아닌데, 아닌 것도 아닌 것 같아요. 일종
의 출판우울증이랄까. 네. 네. 잘 아시는군요. 아니오. 시집에
바라는 건 없답니다. 그냥 잘 책으로 나왔으니 그걸로 족합니
다. 공교하게도 아까 라디오에서 목월이 쓰고 김성태가 작곡
한 '이별의 노래'가 나왔어요. 가수는 베이스 김요한. 그 노래
가 구성지게 들렸어요. '산촌에 눈이 쌓인 어느날 밤에/ 촛불
을 밝혀두고 홀로 울리라.' 그럴 수도 있을 겁니다. 계절도 그
렇고, 내 나이도 그렇고 등등 그럴만 하지요. 감상적이라는 말
이 누군가에게는 아직도 유효성이 있군요. 감상과 감성은 모
음의 방향이 다른 만큼 다르지만 근원은 같은 듯 합니다. 억
지라고요? 그렇습니다. 제가 괜히 전화 걸어서 싱거운 소리를
해대는군요. 표사를 읽으셨군요. 손 없는 날 만나서 쓸데없는
소리나 지껄이는 거지요. 네. 그럼요. 들어가세요. 전화 뚝.

살아갈 앞날을 탓하면서
한잔 해야겠다(김종삼)

11#

베르디의 오페라 나부코(Nabuco) 중 '히브리 노예들의 합창:
가거라, 상념이여, 금빛 날개를 타고'가 흐른다. 방안은 좀
물러졌다. 나는 음악에 귀를 준다. 수긋하다. 차이코프스키,
파헬벨, 바흐가 이어진다. 저 음악을 들으면서 나는 본 적 없
는 김남주의 시를 생각한다. 오래 전 해남에 가서 그의 생가
를 본 적이 있다.

모름지기 시인이 다소곳해야 할 것은

삶인 것이다

파란만장한 삶

산전수전 다 겪고

이제는 돌아와 마을 어귀 같은 데에

늙은 상수리나무로 서 있는

주름살과 상처자국투성이의 기구한 삶 앞에서

다소곳하게 서서 귀를 기울여야 하는 것이다

그것이 비록 도둑놈의 삶일지라도

그것이 비록 패배한 전사의 삶일지라도

삶의 의미는 삶이다. 톨스토이는 별 말을 다했군.

밤이 늦었다. 늦었기 때문에 자려는 건 아니다.

생각도 너무 많이, 자주 하면 닳고 헐어버린다.

가거라, 생각이여, 오늘 밤은 금빛 날개를 타고 가자.

12#

날이 밝았다.

창문을 열고 대지의 기운을 방안으로 불러들인다.

(다시 문장 속으로 들어왔군. 안녕!)

호명하지 않아도 오는 것들. 자연, 사랑, 기쁨, 한 다발의 쓸쓸함.

다 알겠는데 사랑은 잘 모르겠다. 내가 쓸 말은 아닌 듯.

어젯밤 김남주의 시 제목 가운데 사용된 말 '모름지기'가 좋다, 왠지. 나에게는 이렇듯 이유 없이 다가와 내 속에 조용히 침잠하는 말이 좋다. 그런 말들에 속절없이 지고 만다. 그러세요. 당신 뜻대로 하세요.

질 낮은 말장난을 하자면 모름지기는 모름을 지켜주는 존재다.

모른다는 것처럼 신비롭고 싱싱한 상태는 더 없을 것이다.

안다는 거? 알기는 뭘 알아? 그건 아버지의 지식이지.

내가 아는 건 내가 아는 게 아니다. 이제 챗지피티에게 물어야지.

(고맙다, 인공지능아, 어서 시를 팡팡 써다오,

내가 꿈도 꾸지 못할 시들을 써다오.)

컴퓨터의 전원을 넣으려고 손을 뻗다가 손을 회수한다.

나는 글로생활자도 아니고 문장노무자도 아니다.

페이스북에 좋아요를 눌러주는 알바다.

이런 나를 살면서 나는 어깨너머로 웃고 있다.

13#

휴대폰 발신음이 울린다.

모르는 사람이다. 모름지기군.

안녕하세요. 접니다.

누구신데요?

어제 전화 드렸던 사람인데 벌써 잊으셨나요?

잊었는데요. 다시 전화했더니 없는 번호더군요.

그럴 리가요? 저는 그런 사람 아니거든요.

그런 사람 같은데요.

시인학교가 지금도 레바논 골짜기에 있나요?

폐교되었답니다.

어제는 독서모임에서 선생님 시를 필사하자는 의견이 있었어요.

필사(筆寫)는 필사(必死) 이하도 이상도 아닙니다.

그 시간에 산책이나 하시는 게 좋을 겁니다.

그럴 줄 짐작은 했거든요.

독서모임에서 선생님 책을 전작으로 읽고 있다는 건 기억
하시지요?

네.

그건 찬성하시는지요?

그 일은 제 문제가 아닌 것 같습니다.

남의 말 하듯이 하네요.

그 일은 내 일은 아닙니다. 하든 말든.

화를 내시는 건가요?

나는 거세된 사람이거든요.

지금 화를 내시는 거 아니신가?

누구세요? 아, 독서모임이라 그러셨지.

굳이 저를 알고 싶으세요? 그러면

굳이는 아닙니다. 왠지 낯이 익어서요.

저요? 선생님도 저를 알지요. 제가 선생님 속에 있으니까요.

그게 무슨 말이지요?

제가 선생님입니다. 선생님의 반사경. 또 다른 자아. 아트만.

그중의 하나일 겁니다. 더 궁금하시면 이따 이 번호로 전화
걸어 보세요.

틀림없이 제가 받을 겁니다. 아셨지요?

말 같지 않은 소리군요. 통. 홀린 듯 하네요.

선생님 어법으로는 다들 세상에 홀리고, 자기에게 홀려서

남의 정신을 제정신으로 들여놓고 살잖아요.

그게 좋은 삶입니다. 제가 보기에는.

자기가 없잖아요. 몰주체.

자기 없이 사는 게 세속적 행복입니다. 몰주체 이코르가 행복.

호. 호. 호.

하. 하. 하.

선생님.

네.

질문 하나요. 선생님에게 시는 뭔지요?

즉답은 모르게스.

모르게스? 아르헨티나 시인인가요?

제게 시는 오르가즘의 순간에 모르는 사람의 이름을 부르는 것이지요.

그건 하루키지요. 단편 「돌베개에」.

내 얘깁니다.

14

어제처럼, 어제와는 조금 다르게, 무엇이 다른지 모르면서 방안을 산책한다. 서가에서 책을 꺼내 손에 든다. 세사르 바예호. 내가 모르는 시인도 많군. 이 시인도 나를 모르겠지. 제목은 『오늘처럼 인생이 싫었던 날은』. 인생이 좋았던 날도 있었다는 제목이다. 괜히 군소리를 해보는 거다. 다시 책상에 앉는다.

책상은 나의 고향이다. 피난처다. 자궁이면서 미궁이다.

당고개역 부근에 순금만 파는 가게가 있다.

오늘은 거기 가서 순금을 보고 와야겠다.

15#

일년 중 밤이 제일 긴 날이다.

지루한 밤이 될 수도 있다.

이 셀프멘터리가 끝나면 나는 문장 밖으로 나가 한겨울에게 인사할 것이다. 한겨울은 묻겠지. 어떻게 지내시느냐고. 나는 공손하게 말하겠지. 시집에 들어갈 셀프멘터리 대본을 작성했다고. 그런 건 왜 하냐고 한겨울은 묻겠지. 나도 모르겠다고 말하겠지. 사족이 아니냐고 되묻는다면 나는 그렇다고 대답할 것이고, 내 스타일로는 군더더기야말로 시의 핵심이라고 말할 것이다. 한겨울은 웃겠지. 그러면서 한겨울은 말할 것이다. 선생은 구구법도 해설할 수 있다고 할 것이고, 스마트폰 메뉴어리도 해설할 수 있다고 할 사람이다. 해설에 반대하는 선생의 논리를 야유해본 것이다. 나는 토 달지 않고 받아들일 것이다. 나는 조용히 혼잣말을 중얼거리겠지. 내 글쓰기는 실패로 끝날 것이다. 이 말은 수정되어야 한다. 미래형이 아니라 현재형이어야 한다. 이미 실패했으므로 실패할 것이라는 예측은 자기 방어적이다. 한겨울은 거듭 말할지도 모른다. 당신의 글쓰기는 마침내 실패에 도달했다. 그것을 인정해야 한다. 당신에게만 조용히 말해주겠다. 당신이 쓴 시의 실패는 동어반복이 아니라 의미에 헌신했다는 데 있다. 풀어서 말하겠다.

이른바 문학에 대한 세상적 규정 속에 포함되려 애썼다는 것이 그것이다. 나는 듣기만 한다. 더러 고개를 끄덕인다. 실패할 수밖에 다른 도리가 없어서 송구하다. 한겨울은 한 마디 더 한다. 선생도 이제 망명지를 찾아나서야 한다. 원숙한 척, 초월한 척 하지 말고, 여전히 서툰 실패자의 열정이 깃들 장소를 찾아야 하리라. (제대로 망가질 것을!) 그곳도 선생의 문학이 될 것이다. 우리 망명지에서 다시 만나자. 한겨울에게 감사하며 나는 말없이 말한다. 이웃에게, 지인에게, 동지들에게, 노트북에게, 나무에게, 인쇄공에게, 택배서비스에게 나의 실패를 고백하고 이해를 구하리라. 무엇보다 내 시의 행간에서 오도 가도 못하고 있는 의미의 잔해들에게 용서를 구해야 한다. 영하 10도의 한겨울도 수긍한다.

(등 뒤에서, 천장에서, 방문 밖에서 컴퓨터 자판 두드리는 소리. 자판의 또드락거림은 일정한 비트로 수근거린다.
참하게 다소 격정적으로,
모든 말을 쏟아내겠다는 듯이,
분노의 리듬으로, 희열의 리듬으로,
서글픈 속삭임으로, 그러나 담담하게, 더 담담하게,
모든 정감을 포용하는 걸음으로, 사랑의 느린 박자로,
간헐적으로, 느리게, 빠르게, 휘몰아치듯이 한 십 분
다시 십여 분 그러다가
문장과 화면이 툭 끊어진다.)
끝.